句集

夜の卓《よるのたく》

木内憲子

ウエップ

句集　夜の卓／目次

装幀・近野裕一

句集

夜の卓

よるのたく

記憶の階

平成十四年〜十六年

〔65句〕

鳥帰る白き手摺の向うに海

句座に置く紙の古びも啄木忌

詩歌とは荒ぶるこころ万緑裡

夏青き遠野や刻のゆらめける

曲家の夏の昏さの子守籠
降り足らぬ空扁平に花ユッカ

朴の花群雲北を目指しけり

鎧ふものなし椎の香の重なり来

夏服やこゑ若く詩を諳ずる

ハンカチの朝の軽さを畳みけり

蝸牛や記憶の階が樹下にあり

紙使ふ音囁きに似て盛夏

薄野へ切り込んで風撓ひけり

思ひみな花野に果てて会津かな

露草に跼みて己れ小さくす

厄日来る鷲摑みして傘に骨

雨容れて川の膨らむ蓼の花

風の出て月下俄かに騒しき

降り出しの雨が沼打つ火恋し

塔五重鳥を収めて時雨けり

朝の気をわが芯とせむ初仕事
窓に雪仕事のひまを白湯ふふみ

着ぶくれて急ぎの約を一つづつ

梅寒し校舎は昼の音封じ

枯深き方へ匆来の径岐れ

夕雲の遠く波立つ寒戻り

耀果ての鮟鱇冥き水に置く

遠野火や旅に僅かのもの書きて

桑解くやひと息といふ軽さもて

日当れば雑木さみしと赤彦忌

三月は雑木色なり烟るなり

一灯の潮の香籠り夏座敷

夏服の夜を働きし重さとも
羅やたとへば角を曲るとき

花ユッカ水飲んでころ休ますする

若きらの言葉簡潔立葵

母七回忌

ひまはりの高きが涼し忌を修す

夕雲に高さありけり盂蘭盆会

秋暑なほ飲食あとの口拭ひ

蜩をいつも遠きと思ひけり

海見るは漂ふに似て秋日傘

秋蚊出づ女が口を噤むとき

緋のカンナことば貧しくなるばかり

墓山は朝日蔵せり鷹渡る

水辺とは十一月の鳥の数

綿虫や影混沌と水際成し

道ざつと掃きて山茶花日和かな

十二月八日朝日が肩にあり

枯蘆や沈まむと日の胴ぶるひ

数へ日の一番線が風の的

風寒し一歩にをどる己が影

人日の人込みに名を呼ばれけり

枯山を降りゆく言葉先立てて

薄氷や日輪の位置定まりし

老人のてのひら広き遅日かな

恪勤の爪切る夜のあたたかし

磐座に青き刻過ぐ立夏かな

しづかなる午後に入りけり日向水

髪翳りやすし七月はたと過ぐ

山国の夜気新たなり盆花火

かまつかや耳朶揉んで身を働かせ

温め酒父の話の果てもなき

吹かれ起つ吾が身一本暮の秋

山茶花の夜は夜として散つてをる

浅草の夜の淋しき暦売

海照り

平成十七年〜十九年

〔73句〕

表具屋の玻璃に日ぼこり春近き

日脚伸ぶ坂集まれば一寺あり

七人の昼餉に旅の花菜漬

春服の師よ海照りの直中に

春手套脱ぎてしばらく何も持たず

舞殿の暗みに太鼓水温む

明方の土の匂へる立夏かな

書く為の一卓青葉濃くなりぬ

顔剃つて鏡くもらす夕薄暑

六月や水に映りて人美しき

枝払ふべく白昼へ打つて出る

裏側といふべし池も夏蝶も

蒼空の雲したたかに終戦忌
かなかなや旅の双膝すぐ崩れ

草の実の蔵せし音を弾きけり

充分な雲の明るさ一位の実

真直ぐな径まつすぐに暮れて秋

故郷や路地曲るとき夜なべの灯

音立てぬやうに冬来る松の幹

柔らかき車中の睡り四方の枯

沈黙といふ脈はひに枯蓮

山国は山より暮れて雪ばんば

仰臥して息瞭かや雪降り来

古寺の大きな日向年暮るる

春動く天神さまの崖の濡れ

白梅に佇つ指先の緩びかな

春雪や裏六甲へさらに坂

芽柳に見えて山風粗きかな

春暁の山起ち上る湖国かな

一山の風まみれなる法然忌

はつ夏や鳥語いよいよ翻り

衣更ふ青ひと色に樹々と水

毛虫焼く焔しづかに起ち上り

夏負の路頭に迷ふごときかな

雨雲の押し寄せてをり夏蓬

神の意の数ほど秋の芽の揃ふ

色草のいろ濃きものを朝の卓
風の尾を捉へて朝のねこじやらし

暮れ方は風の街なり鳥渡る

良き距離に大樹ありけり鵙の晴

草々に風の逃げ道すいっちょん

根元よく掃かれて冬へ楠大樹

書きて身を離るる言葉草の花

鵙猛る古地図全く紙くさき

起つときの畳匂へり冬近き

翔つ鳥の数美しき冬初め

皮手套脱ぐとき日向臭きかな

星殖ゆる夜は雪吊の緩ぶなり

年つまる墓地抜くるとき火の匂ひ

葛湯吹く間遠となりし夢の母

一月の賑はひにあり冬木の芽

断崖を波駆け上る鳥の恋

鳥引くや火色に昏るる湖の空

初花や午後しばらくを些事にあり

樹々のこゑしづかに激し五月くる

水口のうすうす明しえごの花

ががんぼや昨夜の一事のまだ重き

昔日の景もろともに大夕焼

踏み揺らぐ木橋の細り蛍の夜
ほうたるの命ひとつを掌に包む

竹落葉夜の川音の堰なせり

古びたる卓のよろしさ走り蕎麦

明方のひと雨荒き雁来紅

秋深みゆく草々の踏み応へ

星々の明るさ種を採る頃ぞ
秋の芽のいよいよ赫き帰心かな

ずず玉の日向も母の在りしころ
秋嶺といふさびしさに日当れる

ページ繰る音も冬ざれまぎれなし

寒波来る夜の活字に眼を荒らし

枯落葉踏みゆく時を踏むやうに

悼　美智代さん

霜晴や憶へばひたにこゑかたち

冬薔薇の嘘偽りの無き白よ

くすり箱

平成二十年～二十一年

〔61句〕

泉水に濡らす袖口春動く

逝きてより日月迅し水草生ふ

三寒の四温の磯火炎立ちけり

うすうすと旅の淋しさ浅蜊汁

ポケットに両手を戻す目借時

花下にして刻のとどまることもなし

散るときの桜烈しと思ひけり
桂とふ名をもて青葉旺んなり

毛虫焼くその火しばらく宙を焼く

日盛の蝶の軽さを追ひきれず

くらがりの人の往き来も盆のころ

医王寺の雨に昏みて昼の虫

秋扇や夜も懇ろの川の音

かまつかに雨や思ひて遠きこと

息ふかく目醒めて冬のあたらしき

冬桜仰ぎて言葉たかぶらす

ふいに日の射して落葉の急ぎやう

真向へる生活つぶさに冬鏡

極月の父に大事なくすり箱

木立より木立へ年の改まる

つくづくとマスクの中の己が息

月煌と湖を渉れり追儺の夜

春愁や寄れば寄りくる鴨の嘴

鳥引くや絵馬屋に昏き畳の間

音立てて頁を閉づる余寒かな

日溜りを踏まむとすれば犬ふぐり

長堤といふ長閑さに尽きるなり

雲に雲重ねて白し受難節

悼　土岐平太さん

春の蟻日向さみしと思ひけり

仏性といふ春愁のごときかな

森の香の雨にはじまる卯月かな

薄暑くる封書の軽き汚れにも

夏蝶や眼鏡外せばみなはるか

噴水の穂先笑ひてすぐ崩る

六月の少女に水の匂ひせり

古寺や塀の高さを涼しさに

朽杭に日当る秋のはじめかな

水槽に海老のかたまる野分かな

カンナ朱し息あげて階上りゆく

蓮の実の飛び尽したる空が鳴る

水澄むや飲むときほのと薬粒

秋冷の握り艶もて父の杖

諸草の低さに蹋み火恋しや

水の香のつよき大根刻みけり

芭蕉忌の雨降りつのる草のうへ

人白く過ぎりて冬のはじまれり

短日の崖に沿ひゆく独りかな

はつ冬の鳥を親しと鳥に蹤く

日向ぼこ鳥の高さを仰ぎつつ

階百の高さに鳥居冬とくさ

傷深き幹に日当る十二月

紅足してもらふ花束冬深む

落葉踏みきて父のこと母のこと

トンネルの口がぽかんと山眠る

山過ぐる頃はしづかに煖房車

冬青し的へ矢を継ぐひと呼吸

着ぶくれて恐るることの今もあり

加ふるも引くも退屈浮寝鳥

冬海に向きて時間を取り戻す

昏るるにはまだ暫くや鳰の水

日記果つ忘れしことはそのままに

老の指

平成二十二年〜二十三年

〔81句〕

悴みて明日のことを少し思ふ

初雪といふ空白のやうなもの

夕星の一つしろがね松納

亀鳴くや老の淋しさ父が言ふ

何処となくかげろふ己が言葉さへ

みんなみに海の拡ごる雛の日

あたたかや文字をぎしりと校上り

恪勤の春のマスクに溺れけり

春日の濁りのほどの水溜り
かぎろひの街や大事な人の棲み

音たてて一水奔る桜かな

ふぶくとは鼓舞するこころ桜花

花冷の外出の顔を繕へり

春の夜を遊ぶここちや文書いて

触るる葉に夕べの冷や更衣

白菖蒲誰も淋しき夕ならむ

ががんぼの影がはつきり薬棚

落蟬を一塵とせる薄暮かな

盆の夜の坂密やかに流れけり

ゆつくりと一夏過ぎゆく夜の卓

一舟の白を加へて秋の湖

思ふこと重ねて秋の水すまし

みづうみが鳴るなり朝の芒原

浜町や露けさをいまとなし

つゆ草の露の深さを眩しみぬ

木の葉降る人の匂ひの人溜り

言葉など拾ひ読みして夜の長き

明日発つといふ秋冷の旅鞄

遠くまで風よく見ゆる鴨日和

蓼の花水触れ合つて流れけり

誰彼の胸に日の射す冬さうび
てのひらが匂ふ冬日の海を見に

冬泉湧くといふこと美しき

約あればその日を思ふ辛夷に芽

父

臥してまた老の記憶の長閑けしや

三寒の四温を恃む看取りかな

木の影に木のかげ春の動きそむ

生き死にに予定もなくて紅椿

金縷梅の呼びたる風の細やかな
赤ん坊のこゑ連翹の垣根越し

沈丁の香や記憶にもこの日向

木の芽寒ベッドの端に父座り

息つまるごとし白木蓮総立ちに

逃水の逃げて詮なきあれやこれ

みなかみに光ありけり若緑

六月の封書の重さ膝に置く

短夜の雨を冷たき音と聴く

短夜の夢の確かに母のこゑ

大樹また枝を交して七月へ

炎天の音をたたみて電車くる

少年やプールに波の収まらず

定型の涼しさにあり夏木立

七月の木々の傾ぎを躱しゆく

水打つや忌中の一扉町内に

草々のおもてを上げて夏の風

日照草児が全身で泣いてをる

水の上の雲の幾重に草田男忌

揚花火つひの欠片は湖へ墜つ

夕風の荒々しさも盆のあと

蜻蛉が分けて水辺の風剰る

みづうみは朝日微塵に休暇果つ

小社に幣の吹かるる水の秋

虫の音の一つ遅るる薄暮かな

風の意にありてきちきちばつたかな

一睡の刻の翳れる白芙蓉

九つを数へて風の青ふくべ

美しき箸を揃へて新豆腐

水澄むや刻を頒ちて人と会ひ

すぐ墜つる軽さに秋の火取虫

蜻蛉の野となる風の翳りかな

秋潮のはるかはすでに風の圏

蛇笏忌はいつものやうに山を見る

水際の日射汚れに草の絮

湧く水を十一月の音と聴く

行秋や何を数ふる老の指

一本のペンの軽さを黄落期

父死去

人ひとり分の寒さの柩閉づ

刻いつか忘れて歩む冬木立

寒に入る円かに月の昇りつつ
風荒の波起ち上る結氷湖

結氷の月下瞬くもののなし

鴨のこゑ

平成二十四年〜二十五年

〔109句〕

鳥総松空茫々と冷え来るよ

水光るところ二月の鴨のこゑ

霜柱崩して悔のやうなもの
正座など久しきことを二月尽

新しき塔婆の数も二月かな

淋しさの遅日の電車人を吐く

一筆の長くなりけり夜の朧

沈丁に香の加はるもこの日向

風光る高きに湖を一握し

かぎろひの真ん中といふ水飲場

蝿生る日の焦げくさきところかな

水底に棒落ちてをる暮の春

猫の尾がゆくマーガレットの盛り

夏闇の鯉のごぼりと裏返る

田水張るどの家となく人の出て
ゆりの木の咲くころ人と訣るる頃

六月の雀に適ふ風の量

風青し句碑にまつたき師の文字

暮るるまで海を見てきしサングラス

七月の薔薇は誰かに贈るべし

夏至の日の手暗がりなる十七字

香煙の中なる思ひ涼しめる

山梔子の匂ひかほどに溺れけり

刻逝きしことのみ確か水中花

暑き日のゆるり夕づく桃畠

土手道の草の戦げる夏休

海や憂しひまはりはまだ日に向かず

施餓鬼寺生者の息の重なれる

八月のぱたぱた過ぐる水際かな

朝よりの雨の親しき木染月

秋爽と座して清記のはじめの字

一会なる誰彼ならむ草の絮

蜉蝣のかげろふいろを愛しめる

観音の御手の内なる秋意とも

昼の虫一切経をくらがりに

晩秋の戦げるものに触れてゆく

鵙激し身より剝がるる思ひごと
水の上の風の瞬く花すすき

木立また冬を迎ふる高さなり

短日のものを詰めたる紙袋

爆ぜるとき冬美しや護摩木の炎

羽ばたきに似て初冬の葉騒かな

冬服に冬の匂ひや木々のあひ

綿虫は父かも知れぬふと触るる

冬の日の何か曳きゆくやうにをる

寒波来る家ことごとく湖へ向き

葛湯溶くもの思ふとは哀しきに

霜晴や退りて仰ぐ朝の嶺々

指先の痛み枯枝に触れしより

大寒の構へてひと日何もあらず

校庭の木々も素手なる寒の入

指揉んで寝に立つ冬も深まりぬ

春めくや水辺にあればこゑ若く

蝌蚪生まる堰かれて水の光りつつ

三寒の四温坂なす辺りかな

ひと揺れの日射のせたる花あせび

早梅のあとひと息といふ紅さ

薄氷の下ただならぬ昏さかな

長崎

旧正の灯に灯を重ね異人町

辻々は春節といふ赤のとき

唐門をあふれて言葉あたたかし

鳥風や歩みて緩む膝頭

額におく天主堂なる春の闇

罪深き匂ひもあらむ沈丁花

紅梅や坂たらたらと日を流し
あたたかし女体神社のまくなぎは

こゑ荒く地を翔ついよよ春鴉

人満ちて水辺遠のく桜かな

枝垂れたる辺りもつとも花の昼

鈴懸の花咲く子らに父と母

わが視線海苄を翳らせはせぬか

花御堂仏のこゑに踞みけり

吉野

山坂は見事に険し八重桜

西行のいろを満たしてさくら花

糸遊や溶きてまつたき吉野葛

高きより花散る思ひ出すやうに

マーガレット溢るるものを零しけり

一つ葉や森の窪みてゐるところ

径白く森を流れて六月来

かたつむり風青過ぎて重すぎて

身じろぎをひそと加へて夏座敷

蚊遣火や父亡きあとの父の椅子

飛石に木洩日太宰忌の近し
木の晩の往き来に人の息触るる

噴水の芯の勁さを夏の果

ハンカチの四隅涼しく折りてもつ

別れとはあえかに美しや秋蛍

東京もお納戸色に暮れて秋

空のよく見えて空見る捨扇

秋天を畳みて驟雨駆けにけり

その辺で鳩の水飲む秋なかば

日陰まだ親しくありぬ秋彼岸

かまつかや流刑の郷に日の荒く

五箇山は霧のなかなるひと部落

秋水となりゆく音を立つるより

ゆくほどに雨の匂へる芒原

風の盆

雨あひの踊唄より辻昏るる

けふ会ひし誰彼親し草の花

露けしと描きて一水彩もたぬ

触るるとふ確かなことを思草

鵙烈し墓ひとむらの水たまり

実むらさきけふの記憶にひとつ足す

秋冷の肘置けば椅子鳴りにけり

朴の実の荒々しくも紅立てる

はつ冬のもの言へば顔ゆるみけり

枯木には枯木のかたち海の照る

紅薔薇の棘にもちから十二月
日記果つ日々に従ふ言葉もて

冬麗のはるかへ橋が橋を継ぐ

あとがき

岡本眸師のお許しを得て第二句集上梓の運びとなりました。

第一句集が母の死後、母に寄せた思いに出したものでしたので、父の死後は、特に俳句をすることに理解のあった父へ向けた一集をぜひ出したいと願っておりました。

この度、出版の機会を得ましたので、拾い出してあったものを再編し、平成十四年から二十五年までの十二年間、三八九句をもって一集としました。

句集名は〈ゆつくりと一夏過ぎゆく夜の卓〉からとったものです。

こうして纏めてみますと、晩年の父との親交が懐かしく思われます。ふるさとの夏はすぐに去ってゆきました。食後のひととき、夜の卓に語り合ったことごとが昨日のようです。

出版に際しては「ウエップ俳句通信」編集長の大崎紀夫様にご助言、お心遣い戴きました。改めて御礼申し上げます。

平成二十八年十月

木内憲子

著者略歴

木内憲子（きうち・のりこ）

1947年（昭和22年）　５月４日長野県に生まれる
1980年（昭和55年）　「朝」入会　岡本眸に師事

朝賞　寒露賞受賞
「朝」編集同人　俳人協会会員
東武カルチュアスクール講師
句集に『窓辺の椅子』

現住所＝〒188－0002　東京都西東京市緑町３－６－２

句集　夜の卓 —— 朝叢書 143
2016 年 11 月 30 日　第 1 刷発行
著　者　木 内 憲 子
発行者　池 田 友 之
発行所　株式会社　ウエップ
〒160-0022　東京都新宿区新宿1-24-1-909
電話　03-5368-1870　郵便振替　00140-7-544128
印　刷　モリモト印刷株式会社

※定価はカバーに表示してあります　ISBN978-4-86608-033-8